Zindagi : एक सफर

Conceptualized by :
Nikhil Gour

सन्मति पब्लिशर्स एण्ड डिस्ट्रीब्यूटर्स

ISBN: 978-81-938103-6-1

प्रकाशक

सन्मति पब्लिशर्स एण्ड डिस्ट्रीब्यूटर्स

बी–347, संजय विहार,

मेरठ रोड, हापुड़–245101 (उ0प्र0)

website : www.sanmatiindia.com

email: sanmati555@gmail.com

मो. 8439645104, 09997184964

प्रथम संस्करण: 2018

आवरण

RETROTEK

Acknowledgement

The completion of this project would be impossible without the incredible work rate and assistance of large number of people.

We deeply appreciate the work and efforts of all the talented writers who came together as a team to ensure the actualization of this dream.

Special thanks to our book Editor *Shivi Meena* and Team Coordinator *Prachi Gour*.

And last but not the least a heartfull thanks to almighty God for his endless and univocal blessings upon us.

- Nikhil Gour

INDEX

The 'Zindagi : एक सफर' Team

Nikhil Gour
(Founder & manager)

Nikhil Gour is 18 years old passionate writer, resides in the heart of Madhay Pradesh. He is founder and manager of this book 'Zindagi : एक सफर'

His immense compassion in writings and fanatical love for literature is growing over the years. He sets himself forwards for chasing his passion of writing. He strongly believe in being positive and always love to help others. He also worked before in two books and given 2 live performances on poetry. He has dream of making atleast one book on anthology every year to help the writers wishing to publish write-ups but still unable to do so because of lack of platforms as well as financial conditions. If you have that spark in you, feel free to contact him to get your talent accepted worldwide.

He can be contacted at :
Instagram:@ nikhilgour152, dark_infinity
Facebook : nikhil gour
Twitter : @nikhilgour8
Gmail : nikhilgour152@gmail.com

Shivi Meena
(Editor)

Shivi meena is a writer, and co-auothor of one anthology, she belongs to khandwa, town of state Madhya Pradesh, she has passion to write wonderful poems, quotes and not only writing but she also loves to travel, photography, listen music. Currently she works in district government centre and continue with her studies. She thought that "words have beauty to feel" and by this thought she started writings and play very important role in this book 'Zindagi : एक सफ़र' as a editor and her safar of writings is now finally started by this book. According to her working experience, zindagi: safar is very big part of her life, which knoks her door of opportunities and not only her door but many of the writers.

She can be contacted at :
Instagram : @ s25_meena, dark_infinity

Prachi Gour

(Team co-ordinator)

Prachi Gour is an Indian writer who lived in the city of lake, bhopal. This multi talented girl is grown and brought up in a happy joint family. Her simplicity and graveness add stars to her beauty. She loves to sing, dance, read novels and above all writing shayaris and poem with a cup full of tea. Unlike others, this middle class girl blessed with a land rich in ideas. Her lovely parents and family are top most priorities. She just want to fulfil her parents dream by hook or by crook . This book 'Zindagi : एक सफर' is the first writing plateform in which she has shown her talent towards writing. To know her more be in touch with her writings. The only thing that matters is 'Your presence should be whole hearted.'

She can be contacted at :
Instagram : @Prachi_gour, dark_infinity
Facebook : Prachi Gour

हिंदी कविताऐं

मेरे पापा

सच्ची मोहब्बत की पहचान हो आप
तपती धूप में शीतल छाँव हो आप
मेरी खामोशी के अल्फाज हो आप
मेरी मुश्किलों में, हौंसलों की बरसात हो आप
गर जो टूट गयी कभी
तो मुझे फिर से उठाने की पहली आवाज हो आप
मेरी तन्हाई में भी अकेला ना छोड़े
वो अहसास हो आप
मेरे लिए शायद
उस ईश्वर की पहचान हो आप
मेरी दुनिया, मेरी खुशियां, मेरी हर सांस पे
लिखा पहला नाम हो आप
हाँ पापा, मेरी जान हो आप, मेरी शान हो आप।

निखिल गौर

मुश्किलों का यार हूँ

मंजिल मेरी आंसमा, जमीं से ना कोई बास्ता
थक गए है पैर मेरे, पर मिला ना कोई रास्ता
बहुत मिले हमसफर, पर मिला ना कोई खास सा
लगा के ये जान मेरी, मिल जाये कोई रास्ता
ये लक्ष्य मेरे साथ है, तो क्या खूब ये बात है
छू जाऊंगा मैं आसमा, क्योंकि मेहनती सियारहूँ
आसानियां कहा मेरी, मैं तो मुश्किलों का यार हूँ

बहुत मिले लोग मुझे, मगर बात उनकी क्यों सुनूँ
बचपन से ये जिद मेरी, मैं सपने अपने खुद बुनूँ
लालटेन की लॉ थी, वो अब रात मे ही बुझ गयी
जिंदगी में अब मेरी, जीत की मशाल जल गई
छोड़ लोग जहान के, बस माँ बाप का मैं प्यार हूँ
और आसानियां कहा मेरी, मैं तो मुश्किलों का यार हूँ

लोग कहते डर गया मैं, हार से था मर गया मैं
कह दूँ उन लोग से, मैं सिर्फ हार का शिकारी हूँ
दर्द इस बात का, मैं सिर्फ जीत का भिखारी हूँ
वाबजूद इसके मैं, इस खेल के शेर पे सवार हूँ
क्योंकि आसानियां कहा मेरी, मैं तो मुश्किलों का यार हूँ

मुश्किलों से डर गया जो, जिंदगी से मर गया वो
खुशियाँ छोड़ हिस्से की, जख्मो से था भर गया वो
जिंदगी एक खेल है, इस खेल का खिलाड़ी मैं
रेस से बाहर होके, रोक दूं क्या गाड़ी मैं
मगर मंजिल मेरी आसमा, जमी का ना इंतजार हूँ
क्योंकि आसानियां कहा मेरी, मैं तो मुश्किलों का यार हूँ
मैं तो मुश्किलों का यार हूँ।

निखिल गौर

तेरी एहमियत

सपना है ना,
कुछ करने का,
कुछ बनने का,
कुछ कर दिखाने का,
कुछ पाने का,
और हाँ... कुछ पाने के लिए कुछ खोना नही पड़ता,
असलियत तो ये है कि, कुछ पाने के लिए कुछ करना पड़ता हैं
तो करना बैठा क्यो है? या फिर रुख क्यो गया
घर से निकलने से पहले हर लाइट हरी नही होती
कभी–कभी लाल बत्तियो का भी सामना करना पड़ता है
मगर एक बार निकल के तो देख,
कोई मुश्किल खुद से बड़ी नही होती
हिम्मत क्यो हार रहा है
हिम्मत से ही जिंदगी, तू हिम्मत क्यों हारता
हिम्मत रख कर चलने वाला अक्सर बाजी मारता

हिम्मत रख कर एक बार चलना तो सीख
जो पत्थर तेरी राह में हैं, वो अपने आप हट जाएंगे
जिन पहाड़ो का तुझे डर है, वो अपने आप सिमट जाएंगे

तू हताश क्यों है और इतना
तू तेरी मंजिल की ओर तो निकल,
तू किस लिए हताश है
तू चल तेरी जीत की समय को तलाश है
जला के भस्म कर जो तुझसे लिपटा जाल है

क्योंकि तू लालटेन की लौ नही, तू आग की मशाल है
पता है कुछ लोग ऐसे भी है जो
जूते फाटे पहन कर आकाश पर चढ़े थे,
भूकंप आने के बाद भी सीधे खड़े थे
और अंत मे देखा, तो सबसे ऊपर वो खुद खड़े थे
और कारण सिर्फ
दिन हो या रात वो हर पल खुद से लड़े थे,
और सपने हमेशा उनकी औकाद से बढ़े थे
क्यो डरता है उन लोगो से जो तुझपे हँसते है,
तेरी हार पर हँसते है,
तेरे गिर जाने पर हँसते है,
ये जिंदगी है तेरी, उसको थोड़ा fight कर
जो आज तुझपे हँसते है, उनको थोड़ा side कर
जो बातें करते फालतू, उनको थोड़ा hide कर
Comparision छोड़ अब, खुद से ही तू fight कर

हर असफल इंसान के पास कोई न कोई बहाना है
हर सफल इंसान, बस मेहनत करने का दीवाना है
और फर्क भी दोनों में ज्यादा नहीं,
बस इतना सा है
की बहानेबाज का आज कोई नहीं,
और मेहनत के दीवाने का पूरा जमाना है

और पता है ....
मेरी मेहनत के बाद भी मुझ पर हजारों सवाल है
मेरे करने पर भी हो रहे बबाल है
लेकिन... रूका नही हूं, लोगो की इन दो कौड़ी की बातों से,

क्योंकि मुझ मैं भी लालटेन की लो नहीं, आग की मशाल है
ये सूरज की रोशनी तो बस एक दिखावा है,
असली आग तो मेरे अंदर जलती है
अभी तो देखे है सिर्फ पत्थर मैनें, पहाड़ों से सामना अभी बाकी है
और बस यही सोच मुझे हर पल आगे ले चलती है

और इसलिए
मत डर उन लोगों, जो तुझ पर उठा रहे सवाल है,
मत डर उन लोगों से, जो तेरी हर पर कर रहे बबाल है
बस चलता रह अपनी मंजिल की ओर बिना रूखे
कल वो ही लोग बोलेंगे, वाह! आज तू भी कर रहा कमाल है
वाह! आज तू भी कर रहा कमाल है
क्योंकि तू लालटेन की लो नही, तू आग की मशाल है।

निखिल गौर

At the age of 18

अपने आप के भी पीछे खड़ा हूँ मैं
जिन्दगी, कितने धीरे चला हूँ मैं।

कारण कुछ यूं बयां करुँ की
खुद को छोड़ के, शायद सब से लड़ा हूँ मैं।

और गलतियां बस इतनी सी थी की
18 साल, बस इसी में बिता दिये की सबसे बड़ा हूँ मैं।

चला हूँ कुछ लोगो के साथ, कुछ लोगो के लिए
लेकिन चल कर भी इतना, जाने क्यो ना आगे बड़ा हूँ मैं।

कोशिश तो बहुत की थी मैंने भी आगे बढ़ने की, पर ना जाने क्यों
लाख कोशिशों के बाद भी, हताश पड़ा हूँ मैं।

खुद चलना तो सिख लिया, बचपन के उन दिनों में
पर जिंदगी, तुझे भी चलना पड़ता है, ये शायद कल ही पढ़ा हूँ मैं।

अपने आप के भी पीछे खड़ा हूँ मैं
जिन्दगी, कितने धीरे चला हूँ मैं।

निखिल गौर

हार के भी सीखता हूँ

हार कर चलना, मैं अब हर दिन सीखता हूँ
चलता हूं मैं, गिरता हूँ मैं, जोर से चीखता हूँ
ये चीख मेरी आग है, जिंदगी दौड़ है
भरी इस दौड़ में, मैं खुद को अब पीसता हूँ
रात दिन एक कर मुश्किलों से जीतता हूँ
क्योंकि इन मुश्किलों की क्या औकात है
मैं तो हार से भी सीखता हूँ।

ये जिंदगी की दौड़ भाग, यहाँ दिन रात एक है
छोटी इन आँखों में, सपने अनेक है
हार मेरी अब नहीं, क्योंकि राहें मेरी नेक है
शौक नहीं मेरा कोई, ये लक्ष्य मेरी शान है
चाल मेरी ऐसी, जैसे घोड़े की लगाम है
मुश्किलों की भीड़ में, ये लगाम तेज खींचता हूँ
क्योंकि मुश्किलों की क्या औकात है
मैं तो हार से भी सीखता हूँ।

माना कि इन राहों मैं अभी काँटे बहुत है
नादान ये परिंदे अभी थकते बहुत है
राहों में राह भटकाने वाले बहुत है
मगर कौन मेरा यार दोस्त, मैं तो दुश्मनों से जीतता हूँ
क्योंकि इन दुश्मनों की क्या औकात है
मैं तो हार से भी सीखता हूँ।

ये दौड़–भाग हार जीत, जिंदगी का हिस्सा है
सब्र रख, कर्म कर, तेरा खूबसूरत किस्सा है
गौर कर अपने पे, तेरे पास भी इक्का है
और देख जरा मुझे
हर बार, हार कर, इन पत्तों को मैं बार बार पीसता हूँ
क्योंकि इन मुश्किलों की क्या औकात है
मैं तो हार से भी सीखता हूँ

निखिल गौर

Self Love

मैं खुद मेरे साथ हूं किसी और की मुझे जरूरत नहीं
मैं खुद ही मेरा प्यार हूं किसी और के इजहार की मुझे जरूरत नहीं

कह लो इसे एक तरफा, या फिर अकेला ही सही,
अकेला हूँ पर कमजोर नहीं,
खुद के इश्क में डूबा हूं किसी और के नशे में चूर नहीं,
हर लम्हा खुद के साथ जी रहा हूँ,
किसी खास लम्हों की मुझे जरूरत नहीं
बदलना है मुझे खुद को, किसी और को नहीं
अकेला हूं तो क्या हुआ, किसी भीड़ का मैं शोर तो नहीं
मैं खुद मेरे साथ हूं किसी और की मुझे जरूरत नहीं
मैं खुद ही मेरा प्यार हूं, किसी और के इजहार की मुझे जरूरत नहीं.

खुद के साथ खुद की जिंदगी बिताने का ये मौका, कही अधूरा ना रह जाये
अकेला हूं तो क्या हुआ, बस डर इस बात का है,
कही कोई सपना अधूरा ना रह जाये,
मेरी बस यही दुआ है कि,
हर मंजिल तक पहुंचने के लिए रास्ते मिलते रहे
मंजिल के हर मोड़ पर कोई हमसफर हो, यह जरूरी तो नहीं
मैं खुद मेरे साथ हूं किसी और की मुझे जरूरत नहीं

गुलेल से निकला हुआ पत्थर हूँ, कोई हाथ से फेंका हुआ नहीं,
बड़ी दूर तक जाऊंगा, कोई अब रूकुँगा नहीं
जिंदगी मैं जीउंगा और जीत कर बताऊँगा
कह लो इसे एक तरफा, या फिर अकेला ही सही।

निखिल गौर

कौन हूँ

कौन हूँ मैं?
दिल के समुद्र में
नफरत का तूफान हूँ
सूर्य कि तरह चढ़ता
अभिमान हूँ

कौन हूँ मैं?
अनकहे हुए से
अनंत सवाल हूँ
बयाँ न किया
बस तेरा ख्याल हूँ

कौन हूँ मैं?
थामी हुई डोर कि
कठपुतली हूँ
किसी की उम्मीद की
गुलाम हूँ

कौन हूँ मैं?
मुखौटे के पीछे
चेहरा हूँ
आँखो का बस
धोखा हूँ

कौन हूँ मैं?
किसी कि पहेली का
जवाब हूँ
वजूद का ढूढंता
चिराग हूँ मै।

शिवी मीणा

नफरत मुझसे

है नफरत मुझसे
क्यो? खुद को सोचूँ?

किसी के लफ्जो से
क्यो? खुद कि तलाश?

किसी कि जीत से
क्यो? खुद कि हार?

है नफरत मुझसे
क्यों कैद में ख्याल?

सतरंगी है हर रंग
क्यो? फिर भी बेरंग?

राह के पदचिन्ह से
क्यों? मिले मेरे निशान?

है सुनहरी किरण सी
क्यों? अनंत में रात?

है मुस्कान की परछाई
क्यों? हर वक्त मे हताश?

है नफरत मुझसे
क्यों? नहीं है तुझसे?

शिवी मीणा

नाराज हूँ

नाराज हूँ पर किससे
खुद से, या जिन्दगी से

अपनो से, जो पराये है
या पराये जो, अपने है

नाराज हूँ पर किससे
हालात से या किस्मत से

जो चाहते है उनसे
या जो नही चाहते उनसे

नाराज हूँ पर किससे
किसी के शब्दों से
या किसी कि खामोशी से

नाराज हूँ पर किससे
ओर कि सफलता से
या खुद कि विफलता से

नाराज हूँ पर किससे?

शिवी मीणा

My Inspiration

जिन्दगी की प्रेरणा तुम
क्यों वक्त के साँचे मे ढली तुम
खुद के लिये हारी तुम
क्यों ओरो के लिये जीते तुम
सोच के शिखर पर तुम
क्यों धरती से जुड़े हुए
अपने ख्वाबों को मुझमें देखती तुम
क्यो इन्हें पूरा करने को कहती तुम
मुलाकातें ज्यादा नहीं करती तुम
क्यों अपनी छाप छोड़ जाती तुम
सत्यपथ के राहगीर तुम
क्यों अपनो के लिये मुखबिर तुम
तुम्हें समझे ऐसा ना कोई
क्यों मुझे समझ जाती तुम
शान्त सी रात तुम
क्यों सूर्य सी तेज तुम
मेरी बातें सुनकर थकती तुम
क्यों चुप होने को ना कहती तुम।

शिवी मीणा

मंजिल का राही

रुकना तेरी किस्मत नहीं, बस चलते जाना है
देख अपनी कामयाबी से, जलता कितना जमाना है।

बीच रास्तों में ही अगर, थककर तू बैठ जाएगा
सपनों को हकीकत में कैसे बदल पाएगा।

कदमों से तू नाप ले, मंजिल की जमीन कहाँ है
पत्थर तो फेंक जोर से, कितना ऊँचा आसमान है।

जीना है हँसके जिन्दगी, तो तरकीबें सीख ले
रोने वालों का पलड़ा, आजकल भारी कहाँ है।

जख्मों को कुरेद ले अपने, ये दर्द वहाँ ले जाएगा
जिस जहाँ का सपना देखा होगा, वहाँ की राह दिखाएगा।

परिन्दों का तो सफर वहीं, जहाँ पंखों की उड़ान भरनी है
उठ, तू बैठा क्यों है, तुझे तो हौसले से उड़ान भरनी है।

बता दे इन आँधियों को, क्या उनकी औकात है
ढाल बना मुश्किलों को, कमजोर तू नहीं हालात है

कमियाँ न देख अपनी, कोई परिपूर्ण नहीं होता
पत्थर भी न ढ़लता मूर्ति में, अगर कलाकार न होता।

झुककर चलता जो थोड़ा, वही मंजिल पाता है
टिकता वही पेड़ तूफानों में, जो झुकना जानता है।

प्राची गौर

इक रंग की उलझन

रंग हूँ, बेरंग नहीं, काला हूँ, पर भंग नहीं
यूँ काला रंग, तो पसंद ही होगा
आखिर जमाने भर को इसी में उतारते हो।

पर काले इंसान से बैर क्यों?
तुम्हारी जायदाद का वह हिस्सा भी नहीं होता,
फिर खटकता है इन आँखों में क्यों?

यदि गुरूर है तुम्हें गोरेपन का
तो शिवलिंग क्यों पूजते हो, वो भी काला है,
क्यों करते हो शनि की पूजा, ग्रहों का जो रखवाला है

छोड़ दो कपड़ा काले रंग का, शान से बाँहे चढ़ाते हो,
अरे फिर आ जाते हो घटिया सोच पर, इसे छोड़ क्यों नहीं देते हो?
किताब में सहेजी अमानत, काले रंग में रचाई जाती है
पढ़ना तो नहीं छोड़ते, फिर क्यों ऐसी रुसवाई है?

काले रंग की पगड़ी, सिर पर सजाई जाती है,
फिर वहां इस रंग की क्यों शान बनाई जाती है?
इज्जत का लिबास बुरखा, काला ही पहना जाता है
पर क्यों इंसान के लिए, इसे खामियों में गिना जाता है?

काला रंग ओढ़के, मशालें क्यों जलाते हो?
न्याय की भीख मांगने, इसे ही ढ़ाल बनाते हो
ये धर्म का रंग नहीं, पर हर धर्म में पूजा जाता है
फिर क्यों सिर्फ एक रंग के लिए, इंसानियत को ठुकराया जाता है?

प्राची गौर

वादा

ये जिंदगी की रफ्तार थी, या
मेरी भावनाओं का पिंजरा, समझ न आया
आज ट्रेन सामने खड़ी थी,
पर पहली बार, जाने का मन न था

ये असर तुम्हारी मौजूदगी का था,
या वक्त मेरी मजबूरी का
हर पल की यादें
मेरे दिमाग में उथल–पुथल मचा रहीं थीं
शायद रोकना चाहती थीं तुम्हारे पास,
पर तुम्हारे वादे के साथ साथ तुम्हारी चुप्पी ने भी,
दिल तोड़ दिया था

क्यों होते हैं ये वादे जिन्दगी में
जिन्हें निभाना पड़ता है जिन्दगी के बाद भी
काश एक बार कह देती, या कर देती इशारा
मैं आ जाता, बिना कुछ बोले, बिना कुछ सोचे

तोड़ देती बस एक वादा, मेरी खातिर,
मैंने तो छोड़ दी थी दुनिया, तेरी खातिर......

प्राची गौर

सितारों का शहर

इन तारों की दुनिया भी बड़ी अजीब होती है,
शाम ढलते ही, इनकी बारात सजी होती हैं

सुना है मरने के बाद, इन्सान तारा बन जाता है
अरबों की दुनिया में, यूँ ही खो जाता है।

जब रात को आसमां, तारों की चादर लपेटता है
तब नीचे इन्सान उनसे ढेरों बातें करता है।

कभी सुना है कान लगाकर क्या बोलते है वो
क्या हमारे ही सवालों का जवाब देते हैं वो।

बादल तो जैसे पुराने दुश्मन से हैं
जब बादल हों, तब तारे कहाँ निकलते हैं।

जुगनुओं ने तारों से लड़ाई जीत ली है
एक ने बारात आसमां में, तो एक ने जमीं पे सजाई रखी है।

कहते हैं टूटते तारों से, मन्नत पूरी होती है
भला किसी के टूटने से खुशी होती है।

लड़ते हैं, पर अलग नहीं होते
धरा पर उजाला, मिलकर हैं फैलाते।

कुछ हुनर सीख ले इन तारों से
यूँ ही नहीं ये, जहाँ रोशन करते हैं।

प्राची गौर

बस एक बार

बस एक बार दिल मिलना चाहता है तुझसे
भीड़ से दूर, अकेले खोना चाहता है तुझमें।

डूबना चाहता हूँ, तेरी आँखों में
जहाँ हजारों राज छुपाए रखे हैं,
दिखाना चाहता हूँ, अपनी आँखों में
जहाँ तेरे सपने सजाए रखे हैं।

बाँधना चाहता हूँ तेरे हाथों को अपने हाथों में
महसूस करना चाहता हूँ इनकी गर्माहट,
ये दिल तो बादलों से भी तेज उड़ता है
बस एक बार दे अपने आने की आहट।

तमन्ना है तेरे हुस्न को देखने की
ख्वाब का चेहरा, असलियत में चाहता हूँ
सुध तो केवल इस बात की है, कि
बस एक बार, तुझसे मिलना चाहता हूँ।

जानता हूँ कोसों दूर है शहर तेरा
पर मिलना नहीं है मुश्किल मेरा,
तू माँग तो एक बार मुझे दुआओं में
बस एक बार, अपनी दुआ में मुकम्मल चाहता हूँ।

प्राची गौर

कैसा मजहब?

उसने बातों ही बातों में पूछ लिया
कैसा है तुम्हारा मजहब?

क्योंकि मुस्कुरा कर कहना, फितरत बन चुकी थी
तो हमने भी कहा, 'माँ' जैसा है मेरा मजहब।

मजहब मेरा सख्त नहीं,
नरम दिल सा है, माँ जैसा
हर एक से मोहब्बत करने वाला
मेरा मजहब है इंसानियत का,
जो सबको मोहब्बत सिखाता है
दिलों को एक करता है।

ये सबको बाँटता नहीं है
न ही गीता, कुरान, बाइबिल में फर्क करता है
मेरा मजहब तो सिर्फ और सिर्फ प्यार सिखाता है
देखा है कहीं तुमने ऐसा मजहब
जो मेरी माँ जैसा है।

प्राची गौर

आजादी

भूल सी गई हो शायद कहीं गुम हो गई हो
समाज की बेड़ियों में जकड़ सी गई हो
सहमी सहमी सी रहने लगी हो
कहीं डर तो नहीं गई हो
इस देश में काफी दरिंदे हैं
कोई नुक्कड़ तो कोई गली में हैं
छुप तो नहीं गई हो
करना है सामना डट के
मारना है चाटा हर ताने को तुम्हें
जो चूर– चूर कर देता है हर सपने को तुम्हारे
तुम आसमान की वो पंछी हो
जिसे उड़ने से कोई परिंदा भी नहीं रोक सकता
तो जाओ और अपने सुनहरे पंख फैलाओ
क्योंकि यह आसमान सिर्फ तुम्हारा है तुम्हारा।

आयुष श्रीवास्तव

बेड़ियां

आखिर कब तक, कब तक ये लड़कियाँ
कभी समाज तो कभी रिवाजो मे बंध कर रहेंगी
कब तक अपनी आवाज दबा कर रहेंगी
क्यों तुम्हारी बहन, तुम्हारी है
और दूसरे की, तुम्हारे पैर की जूती है
क्यों इनकी मुस्कान, मुस्कान नहीं होती
क्यों इनकी खुशियाँ, खुशियाँ नहीं होती
घुटता तो दम इनका भी होगा
आखिर यह भी तो इन्सान ही है
जीने का हक इन्हें भी है
बंध कर दो यह सिलसिला अब तो
जो सालों से चला आ रहा हैं
कुछ पल तो इन्हें भी दे दो
क्योंकि खुले आसमान में
सांस लेने का हक इन्हें भी तो है।

आयुष श्रीवास्तव

मैं खोज हूं

एक खोज हूं मैं अंतर्मन की
मैं खोज हूं स्वयं की
मुझमें कभी जो मिल न सका
उसे पाने की खोज हूं मैं
बंद पड़े दरवाजे की एक चाबी हूं मैं
मैं खोज हूं अंतर्मन की
तलाश रहा था बाहर जो कभी
मंजिल वह मेरे स्वयं में है
मैं खोज हूं उस मंजिल की
वह खोज मेरा खुदा ही है
हर वक्त रहा वह मुझमें ही
जो मिल न सका बाहर कहीं
वह मिला मुझे बस मुझमें ही
यह खोज मेरी स्वयं की है
इस खोज को पूरा करना खुदा
यह खोज अधूरी ना रह जाए
उद्देश्य मेरा बस इतना है
मुझे तुम्हें स्वयं में पाना है
मैं खोज हूं अंतर्मन की
मैं खोज हूं स्वयं की।

भावेश जैन

निकाह की जल्दी है

पकड़ कर उंगलियां आपकी ही सीखा है चलना
अभी क्या निकाह की जल्दी है.....

वो स्पर्श उन हाथों का आपके
मेरे हाथों से छूटा ही नहीं
आंगन में आपके साथ खेल कर उठी हूं अभी
अभी क्या निकाह की जल्दी है.....

बैठकर पीठ पर आपकी
वह बाजार जाना कहां भूली हूं
मैं अभी भी आपकी वह नन्ही सी परी हूं
अभी क्या निकाह की जल्दी है.....

बिछड़कर दूर आपसे हो ना जाऊं
कहीं डरती हूं क्या निकाह की जल्दी है
अपने ही आंगन की चिड़िया
बनाकर रख लो ना मुझे
अभी क्या निकाह की जल्दी है.....

भावेश जैन

एक विचार

एक विचार कितने विचारों को अपने साथ खींच लाता है
एक विचार अकेला होकर भी कभी अकेला नहीं होता
क्योंकि वह अपने साथ किसी ना किसी को जोड़ देता है
एक विचार कभी खुशी को तो कभी गम को अपने साथ ले आता है
एक विचार कितनी सारी यादों को एक पल में बयां कर देता है
एक विचार खुशी को गम में गम को खुशी में पलट देता है
एक विचार किसी के जीने का सबब बन जाता है
तो एक विचार किसी को जीना सिखा जाता है
एक विचार किसी दिमाग में उपजते ही खलबली मचा देता है
एक विचार किसी कहानी को जन्म देता है
एक विचार कभी एक सुंदर कविता मैं बदल जाता है
एक विचार धर्म युद्ध करवाने में
तो वहीं उसे रोकने में भी सक्षम होता है
एक विचार अपने आप में एक समंदर से भी ताकतवर होता है
एक विचार आज अपने विचार व्यक्त कर रहा है।

भावेश जैन

अब तो कुछ सीखो!

पानी नहीं पर पानी की एक बूँद बनकर
बारिश की तरह बरसना सीखो

पेड़ नहीं पर पेड़ का एक पत्ता बनकर
हवा में लहराना सीखो

पंछी नहीं पर एक तितली बनकर
लोगो के चेहरे पर हँसी लाना सीखो

फूल नहीं पर एक नेक इंसान बनकर
जीवन में अपनी खुशबू फैलाना सीखो।

भाविका मानसेकर

क्योंकि समझदार हो गए हैं हम

दिनभर हँसता रूक्सार लिए फिरते है हम
अपने हर दर्द को छिपाकर हँसते है हम।

जब छोटे थे तो माँ के आँचल में
छिप–छिपकर रोया करते थे हम

अब जब बडे हो गए तो
वो अंधेरी रातों में अकेले रोया करते है हम।

भाविका मानसेकर

अब तुझे देखने का कोई मतलब नहीं

अब तुझे देखने का कोई मतलब नहीं,
मुझे समझ पाए ऐसा तेरा दिल नहीं,
तू मेरा इनकार किया करे और मैं तुझे चाहां करुं,
भले ही मैं हारी और तू जीता,
पर मेरी हार जैसा दम तेरी जीत में नहीं,
नसीबदार वो है जिसे तू मिला,
पर उसमें मैं क्या कर सकती हूं?
तूझे पा सकूँ ऐसी एक भी लकीरें मेरे हाथ में नहीं,
मैं देखूं तूझे, तू देखे किसी और को,
इसीलिए अब तुझे देखने का कोई मतलब नहीं,

मैं लिखूँ और तू पढ़ ना पाए,
और शायद पढ़ पाए तो समझ ना पाए,
ऐसी मेरी यह ग़ज़ल का कोई मतलब नहीं,
अब तुझे देखने का कोई मतलब नहीं।

भाविका मानसेकर

बचपन के दिन

बचपन के वो दिन भी कितने अच्छे थे,
वो कागज की कश्ती, वो दोस्त भी सच्चे थे।

सोते कहीं भी, लेकिन बिस्तर पे ही सवेरे होते थे,
बचपन के वो दिन भी कितने अच्छे थे,
वो कागज की कश्ती, वो दोस्त भी सच्चे थे।

स्कूल से लौट कर, जूते कहीं तो बस्ते कहीं और फेंका करते थे,
माँ के मारने पे, दौड़ कर दादी के गोद में छुप जाया करते थे
लेकिन माँ भी कहां कम थी,
उसके हाथों से छुए उस दाल और चावल में
अमृत की बूँदे हुआ करती थी
बचपन के वो दिन भी कितने अच्छे थे,
वो कागज की कश्ती, वो दोस्त भी सच्चे थे।

जैसे–जैसे दिन ये बढ़ते गए, जवानी में हम यूँ ढलते गए,
अब तो जूते और बस्ते भी अपने–अपने जगह पे रखने लगे,
दादी की गोद की जगह, हम सोफे पे ही सोने लगे
बचपन के वो दिन भी कितने अच्छे थे,
वो कागज की कश्ती, वो दोस्त भी सच्चे थे।

अनुराग राज

एक बात कहूँ

एक बात कहूँ अगर सुनती हो
तुम मुझे बहुत अच्छी लगती हो।

कुछ चुप चुप सी
कुछ चंचल सी
कुछ पागल पागल लगती हो
होंगे तेरे चाहने वाले बहुत
लेकिन तुम मेरी अपनी लगती हो
एक बात कहूँ अगर सुनती हो.....

ये बात बात पे खो जाना
यू कहते कहते तेरा रुक जाना
ऐसे तेरा शरमा जाना
मेरी जिंदगी रंगीन बनाती हैं
एक बात कहूँ अगर सुनती हो
तुम मुझे बहुत अच्छी लगती हो।

अनुराग राज

एकांत

आज भी मुझे एकांत में बैठना अच्छा लगता हैं
सारी दुनिया को भूल कर खुद में खोना अच्छा लगता हैं
पुरानी बातों को याद कर मुस्कुराना अच्छा लगता हैं
आज भी एकांत में बैठना अच्छा लगता हैं।

ठंडी ठंडी हवा, माँ तेरी थपकी का एहसास देती हैं
चाँद की सफेद रोशनी तेरी आँचल सा प्यार देती हैं
उस चाँद की रोशनी में सोना अच्छा लगता हैं
माँ, सिर पे तेरा हाथ अच्छा लगता हैं
आज भी मुझे एकांत में बैठना अच्छा लगता हैं।

माँ, याद हैं तुम्हें वो तेज बारिश वाली रात?
मैं डर कर तुमसे लिपट गया था,
तुमने प्यार से आँचल में अपने छुपा लिया था
वो आँचल की खुशबू अच्छी लगती हैं माँ,
माँ, आज भी तेरा साथ अच्छा लगता हैं
आज भी मुझे एकांत में बैठना अच्छा लगता हैं।

अनुराग राज

यूँ हमे सताया न करो

सामने आकर छुप जाया न करो
यूँ अपनी आँखें दिखाया न करो।

मेरी आँखो से शर्माया न करो
यूँ अपनी जुल्फें लहराया न करो।

इन्हें ओढ़कर हमें सुलाया न करो
यूँ इतना मीठा फरमाया न करो।

कहते–कहते रूक जाया न करो
यूँ नजाकत बिखराया न करो।

हमारी नजाकत में खो जाया न करो
यूँ अपना प्यार बरसाया न करो।

अपनी झलक के लिए तरसाया न करो
यूँ हमे आईना दिखाया न करो।

मेरे चेहरे में अपनी सूरत छुपाया न करो
यूँ हमें सताया न करो।

निशान्त परिहार

स्कूल के वो दिन

वह जगह इतनी अच्छी है
हमें पता है बहुत सच्ची है।

वहाँ पहली बार जाते हुए रोए थे
और आते हुए भी रोए है।

बेशक वो दिन चले गए
होंठ हमारे सिल गए।

वो याराना बहुत याद आता है
क्यों नहीं अब कोई सताता है।

उनसे भी वही टकराए थे
पहली बार वही घबराए थे।

बहुत याद आती है
वह मस्ती की कश्ती
वह पागलो की बस्ती
वह कंबल कुटाई का मजा
वह बंक कि सजा
कहाँ गए वो स्कूल के दिन
यूहीं कुछ कहे बिन।

निशान्त परिहार

अच्छा लगता है

वो कहती है, तुम कभी रूठते क्यूँ नहीं
अब कैसे बताऊं कि, मुझे सिर्फ उसे मनाना, अच्छा लगता है।

बोलने में थकती नहीं है वो, और मैं सुनने में
उसकी बातें थी या पहेलियां, मुझे उनमें उलझना, अच्छा लगता है।

वो अक्सर जिक्र करती है कुछ कहानियों का
मुझे हर कहानी में हम दोनों के किरदार रखना, अच्छा लगता है।

वो कभी भी बिगाड़ देती है मेरे बालों को
लेकिन मुझे तो उसके बालों को संवारना, अच्छा लगता है।

वो तो यूँ ही बिखर जाती है मुझपे जैसे, जुल्फें
और मुझे दुनिया भूलकर, उसकी आगोश में सोना, अच्छा लगता है।

मुझे भी बच्चों के साथ खेलने को बोलती है
पर मुझे तो बच्चो के साथ उसे खिलखिलाते देखना, अच्छा लगता है।

उसकी नजाकत तो हमेशा ही जान लेती है
और मुझे तो उसका गुस्से से लाल होना भी, अच्छा लगता है।

यूँ तो Jeans बहुत भाता है उसे, और साड़ी भी
पर मुझे कभी–कभी उसका suit में होना, अच्छा लगता है

ना उसे makeup पसंद है, ना उसे जरुरत
मुझे तो बस उसकी earings का चमकना, अच्छा लगता है।

Jewellery का शौक नहीं, बस एक पायल पहनती है
और मुझे उसकी पायल की आवाज को सुनना, अच्छा लगता है।

जो भूल जाये कभी घड़ी, तो मेरी पहन लेती है
मुझे उस वक्त अपनी कलाई खाली रखना, अच्छा लगता है।

वो रोते हुए खुद को मेरे सीने में छुपा लेती है
बस इसी बहाने मुझे उसे बार–बार रुलाना, अच्छा लगता है।

मुझे बारिश पसंद नहीं, पर उसे पसंद है भीगना
बस इसी इरादे से उसके साथ बारिश में निकलना, अच्छा लगता है।

वो अक्सर मेरी सिगरेट तोड़ दिया करती है
और मुझे हर बार उसकी यूँ परवाह करना, अच्छा लगता है।

नीरज अहिरवार

वो बारिश और तुम

वो दिन भी क्या दिन थे,
जब मुझे लगता था

ये जो बारिश हैं ना, बस उनके साथ होने से होती थी,
उनके साथ की हर बारिश मानो रंगीन होतीं थी

वो मेरी बातों में हस्ती हुई,
बूंदों से खेलती थी

उनकी हर अदा पर मेरा दिल रुक सा जाता था,
वो कई बार कहती थी, तुम क्यों भीगने से डरते हो

अब उन्हें कौन बताता,
जो मैं महसूस करता था

की मुझे भीगने से ज्यादा, इस मौसम से भी ज्यादा,
उन्हें भीगते, बारिश से खेलते देखना, अच्छा लगता था।

नीरज अहिरवार

तुम्हें याद नहीं करता

तुम्हें पता है,
अलार्म से जागना मुझे आने लगा
चाय बनाना भी मैंने सीख लिया है
वो इलाइची वाली चाय की महक,
कमरे में तुम्हारी यादों के साथ बिखरती है, ना
तब तुम्हें याद नहीं करता...

पराठे खाये बहुत दिन हो गए
नास्ते में अब ब्रेड ही खाता हूँ
घड़ी, रुमाल, वो wallet,
जल्दी जल्दी में जब रखना भूल जाता हूँ, ना
तब मैं तुम्हें याद नहीं करता...

ऑफिस की फाइल, वो लेपटॉप बैग,
पिछली रात वाली जगह पर पड़ा मिलता है
वो books, pens वो newspaper,
जब उन्हें सलीके से उनकी जगह नहीं पाता हूँ, ना
तब भी मैं तुम्हें याद नहीं करता...

Movies अब अच्छी नहीं लगती
लेकिन तुम्हारी वो R.H.T.D.M. देख लेता हूँ
मोबाइल पर Movie देखते हुए,
हमारा एक तकिये पर सिर रखना याद आता है, ना
तब भी मैं तुम्हे याद नहीं करता...

Lake गए हुए कई महीने हो गए,
यही सीढ़ियों पर कुछ गजल लिख लेता हूँ
सुन लेता हूँ, हमारी पसंद के गाने,
उन शामों में हमारी यादों को फिर दोहराता हूँ, ना
तब मैं तुम्हें याद नहीं करता...

हमारी pics देखकर ही सोता हूँ
अब भी तुम्हारे सपनों में ही खोता हूँ
कभी नींद से अगर जाग जाऊं,
बाकि रात का जब खुद ही सहारा होता हूँ, ना
तब तो सच में,
मैं तुम्हें याद नहीं करता।

नीरज अहिरवार

R.H.T.D.M. - Rehna Hai Tere Dil Mein

फिर से

क्या तुम्हें याद है,
जब मैं तुम्हारे नुकीले नाखूनों पर,
अपनी उंगलियाँ फिराता था,

तो तुम मुट्ठी बंद कर लेती थी,
फिर तुम कहीं और देखकर मुस्कुराने लगती थी,

वो streetlight की रोशनी में तुम्हारे चेहरे की चमक और बढ़ जाती थी,
जिसे देख कर मैं कुछ पल सुकून के समंदर में डूब जाता था,

सच में मुझे वो शामें कल की ही शाम लगती है हमेशा,
जैसे फिर हम आज शाम साथ होके,
एक दुसरे की आँखों से पूरे दिन का हाल पढ़ेंगे
फिर मेरी तुम्हारे लिए कुछ गजल होंगी
फिर तुम वाह वाह करती हुई, डायरी में नोट करोगे
फिर वो चाय के दो प्याले होंगे,
फिर हम किसी प्यार भरे topic पर लड़ेंगे
फिर तुम रुठोगी, फिर हम मनाएंगे,
'हाँ हँसी बन गए' एक बार फिर ये गाना गाएँगे
फिर हम हँसेंगे, फिर चुप रह जायेंगे

सच में तुम्हें नहीं जाना चाहिए था,
अगर तुम भी उन शामों को रोज ढूंढती हो तो.....

नीरज अहिरवार

झिलमिल परछाईयाँ

तुम्हें याद है,
वो तालाब की सीढ़ियों पर,
पानी में पैर डालकर बैठा करते थे
कितना खूबसूरत नजारा होता था,
वो खूबसूरत सिर्फ तुम्हारे साथ होने से...
पानी में तुम्हारे कंकड़ मारने से
हमारी परछाइयों का झिलमिल होना

जिसे देख कर तुम्हारा मुस्कुराना
मेरा तुम्हें देख, परछाइयों को भूल तुम में खो जाना
उस पल एक सुकून सा बरस जाना
बस यही तो थी जिंदगी, तुम्हे यूँ ही देखना
आज गया था वहां दोस्तों के साथ,
उस जगह को देखकर कुछ कम महसूस हुआ था,
सच मानो मुझे तुम उस समय,
बिलकुल भी याद नही आये

तुम मुझे महसूस हुई मेरे साथ, मेरे बगल में,
मेरे हाथों पर तुम्हारे हाथ का स्पर्श मैंने पाया
तुम जैसे कह रही थी,
मैं यूँ ही तो साथ होती हूँ, तुम्हारे हमेशा
तुम जैसे कह रही थी,
ये लम्हा भी पहले जैसा ही तो है, जो नहीं था
मैंने फिर तुमसे पूछना चाहा,
की क्या तुम्हें सच मे जाना चाहिए था
लेकिन अब देर हो चुकी थी,
बारिश होने लगी थी,
और मैं आज सच में तुम्हारे साथ
इस बारिश में भीगना चाहता था।

नीरज अहिरवार

तुम ऐसी ही तो हो

तुम ऐसी ही तो हो,
जैसे सुबह की वो पहली किरण,
जैसे पत्तो की सरसराहट के साथ, वो ठंडी पवन
के जैसे चिड़ियों की चहचहाहट के साथ,
एक सुकून के बादल सी मुझपे छा जाती हो

के मैं चाहता हूँ, तुम मुझपे यूँ ही बरस जाओ,
जैसे बरस जाती है, वो ओस की बूंदे उन पत्तों पर
की जैसे खिल जाते है हर रोज,
कई फूल उन नन्हीं सी कलियों पर

हाँ सच में तुम वैसी ही तो हो।

नीरज अहिरवार

गुब्बारे और तुम

तुम्हें याद है,
वो तुम्हारे जन्मदिन वाली रात
जब तुम कमरे में आईं थीं
और fan चलते ही
दिल वाले सारे गुब्बारे चारो तरफ उड़ने लगे थे,
वो बहुत प्यारे थे, बिलकुल तुम्हारी तरह,
जिनको देख कर, तुम मानो उनमें खो गईं थीं
उस वक्त तुम्हारे चेहरे की चमक, मैंने देखी थी

तुम उन गुब्बारों से खेलतीं हुईं, हस्तीं हुईं
सच में बहुत खुश थीं, और तुम्हें देख मैं भी,

आज वही रात है, लेकिन अब वो गुब्बारे नहीं है,
पहले जैसे, बिलकुल तुम्हारी तरह।

नीरज अहिरवार

शाख से टूटा पत्ता

तुम जानती हो,
किसी शाख से टूटा हुआ पत्ता
हवा के झोंके से लड़ता हुआ
अंजान मंजिलों की ओर,
चल देता है उस बेमानी हवा के साथ

वो पत्ता गुमसुम सा, बिखरा सा
अपनों से हारा, खुद में खोया हुआ

यहाँ वहाँ टकराकर,
किसी कोने में सहमकर बैठ जाता है, ना
तुमसे टूटकर,
अभी कुछ दिनों से वही हो गया हूँ मैं।

नीरज अहिरवार

खाली कमरा और मैं

वो होगा
किसी और के लिए,
दिखने में कमरा खाली
पर वो तुम्हारी यादों से भरा है,
जिसमें तुम्हें महसूस करता हूँ

मुझे अहसास होता है इसमें,
हर पल मेरे साथ तुम्हारा होना
जिसमे सजा रखी है,
मैंने हर दीवार पर तुम्हारी हंसी

जिसकी खिड़की से आती है,
आज भी हवाओं के साथ तुम्हारी खुशबू
मुझे यकीन है तुम आओगी,
मेरी छोटी सी दुनिया को रौशन करने

.

जिसकी उम्मीद में बैठे है,
खाली कमरा और मैं।

नीरज अहिरवार

वो कुछ दिन

वो कुछ ही दिन तो थे
हमने अलग कायनात बनाई थी,
जिनमे खुद की दुनिया बसाई थी
हम कैसे बातों बातों में,
खुली आँखों से सपने संजोया करते थे

एक दूसरे की खुशी में,
हर छोटी ख्वाहिशों को पूरा करते थे
कैसे उन दिनों हम लोग,
हर लम्हा खुद के लिए समेट लेते थे

हर मंजर महकता गुलाब था,
जाने कौन खुशियों को हमारा पता देते थे
फिर जाने क्या हुआ
हर लम्हा रूठ गया, तुम्हारे यूँ रूठने से
बदल गई वो सुबह और शाम,

एक तुम्हारे जाने से, एक मेरा तुम्हें ना रोकने से
बस कुछ गिने चुने दिन ही तो थे।

नीरज अहिरवार

जाने क्यों

जाने क्यों कुछ नया आज करने को प्राण मचलते हैं,
तब ही तो ये बार बार गिर गिर कर पुनः सम्भलते हैं
जाने क्यों अब आशाये भी नया स्वरूप तलाश रही,
जाने क्यों आशंकाए भी खुद ही खुद को नाश रही
जाने क्यों नक्षत्र पुनः शुभ संकेतो के बनते हैं,
जाने क्यों कुछ नया आज करने को प्राण मचलते हैं।

जाने क्यों जीवन वीणा से पुनः नवल स्वर फूट रहे,
गलत धारणा पर आधारित सारे बन्धन छूट रहे
जाने क्यों अब मन का पंछी अम्बर छूना चाह रहा,
जाने क्यों ये आज रूह का अंतर छूना चाह रहा,
जाने क्यों अब स्वप्न सुनहरे पुनः नयन में पलते हैं,
जाने क्यों कुछ नया आज करने को प्राण मचलते हैं।

देवांश बैरागी

रंग इश्क का

बिखर कर जो संभले वो रंग इश्क का,
टूटे दिल को जो सहारा दे वो रंग इश्क का,
हजारो रंग में जो एक रुझा सा जाये वो रंग इश्क का,
कहानियाँ तमाम कैद है इन रंगों में
जो अपना बना जाये वो ही तो हैं
एक रंग इश्क का।

प्रसिद्धि शर्मा

ख्वाइशें

जो कभी खो गयी तो, ढूँढ लाना तू मुझे
जो कभी हार गई तो, जीत बन जाना तू मेरी
जो कभी अकेली रह गयी तो, साथ निभा लेना तू मेरा
जो कभी टूट गयी तो, समेट लेना तू मुझे
जो कभी राहो पर तुझसे बिछड़ गयी तो,
फिर हाथ थाम लेना तू मेरा।

प्रसिद्धि शर्मा

मैं

हूँ रूप गौरी का,
तो दुर्गा का भी अवतार हूँ मैं
बिंदी कंगन झुमके पायल,
इन सब से कहीं आगे हूं मैं
आसमां में उड़ने वाली,
आजाद पंछी हूँ मैं
तुम्हारे ख्वाबो में आने वाली,
अप्सराओं से भी ज्यादा सुन्दर हूँ मैं
एक आग हूँ, जोश हूँ, जज्बात हूँ, एहसास हूँ,
तो बुलंदियो की आवाज हूँ मैं
हूँ आँचल ममता का,
तो बहन का दुलार हूँ मैं
समर्पण हूँ पत्नी का,
तो बेटी का लाड़ हूँ मैं
सुर हूँ ताल का,
तो नृत्य का आधार हूँ मैं
दुआ हूँ तुम्हारी,
तो तुम्हारी प्रार्थनाओं का विश्वास हूँ मैं
तुम्हारे आँसुओं को रोकने वाली श्रद्धा हुं
तो तुम्हारे होठों पर मुस्कान लाने वाली आस्था हूँ मैं
संघर्ष हूँ जीवन का,
तो सफलता की कहानी हूँ मैं
पलकों के आसूँ हूँ,
तो रूह की गहराई हूँ मैं
पूर्ण हूँ हर रूप में,

फर्ज हूँ कभी, तो कभी कुर्बानी हूँ मैं
लक्ष्मी हूँ तुम्हारे आँगन की,
तो तुम्हारे खेतो की हरियाली हूँ मैं
खुद को भूलकर,
दुसरो के लिए जीने वाली कहानी हूँ मैं
ताकत हूँ तुम्हारे हाथों की,
तो तुम्हारे मन की सच्चाई हूँ मैं
मासूम हूँ, नखरीली हूँ, नासमझ हूँ, नादान हूँ,
तो अपनी मुस्कान तुम्हें देने वाली पहचान हूँ मैं
हूँ इज्जत पिता की,
तो माँ की आस हूँ मैं
हूँ दुलार भाई का,
तो बहन का साथ हूँ मैं
रोते हुए को हँसाने वाली,
एक जादू की पुड़िया हूँ मैं
नन्हीं परी हूँ तुम्हारे आँगन की,
तो तुम्हारे आँगन की शरारत हूँ मैं।

आस्था श्रीवास्तव

ज्यादा कुछ नहीं

ज्यादा कुछ नहीं,
एक खुला आसमां चाहिए उड़ने के लिए
आजादी के 70 साल बाद भी,
एक आजाद जहाँ चाहिए रहने के लिए
दो कदम आगे चलने वाले तो मिल जायेंगे कई,
एक साथ चाहिए, साथ चलने के लिए
बुझाने पर भी जो ना बुझ पाये,
ऐसी एक मशाल चाहिए जलने के लिए।

आस्था श्रीवास्तव

दरवाजा

ये दरवाजा खोल क्यों नहीं देते?
सुनो,
हाँ तुम,
जरा गौर से सुनो,
ये जो खटखटाहट हो रही हैं ना,
हां.. यही दिल के दरवाजे पर,
ये दरवाजा खोल क्यों नहीं देते?

सुन कर भी अनसुना कर देते हो,
पास बुलाकर, फिर दूर कर देते हो,
ये दूरियां, मिटा क्यों नहीं देते?
ये दरवाजा खोल क्यों नहीं देते?

वो जो धुन बनाई थी ना,
स्कूल के दिनों में,
क्यों उस धुन को फिर गुनगुना नहीं लेते?
ये दरवाजा खोल क्यों नहीं देते?

पुरानी कॉपी के पिछले पन्नो में,
जरा झांककर तो देखो,
शायद खोया हुआ चित्रकार तुमको वापस मिल जाये,
क्यों उन रंगों से यारी फिर निभा नहीं लेते?
ये दरवाजा खोल क्यों नहीं देते?

याद हैं, वो दिन,

जब तुम गाया करते थे,
चलो गुनगुनाया तो करते थे,
कहाँ वो आवाज खो गई?
क्या जिन्दगी की मशरूफियत, आपकी मासूमियत हि ले गई,
क्यों नहीं उस नन्हे कलाकार को फिर से बुला लेते हो?
गाना ही तो है यार, क्यों नहीं गुनगुना लेते हो,
ये दरवाजा खोल क्यों नहीं देते हो?

घंटो बैठकर वो जो तुम खुद से बातें किया करते थे,
तल्लीन हो कर अपने ख्वाबों में,
डायरी के पन्ने भरा करते थे,
क्या ऐसी नाराजगी भी, कि पुराने साथी को ही भूल गए,
ठीक है, टेक्नोलाजी हैं,
पर, सच बताओ
वो मोहब्बत जो स्याही सी निकलती थी,
और भर देती थी हर पन्ने को, अपने ही रंग में,
क्या ऐसी पाक मोह्हबत को याद नहीं करते?
ये दरवाजा खोल क्यों नहीं देते?

हर धुन पर थिरकते थे पैर तुम्हारे,
अंदाज–ए–बयां करते थे, आँखों के इशारे,
सर्दी की एक दोपहरी में,
क्यों खुद से मुलाकात कर नहीं लेते?
फिर से उस सरगम पर, सब कुछ भूल कर
एक बार फिर नाच क्यों नहीं लेते?
ये दरवाजा खोल क्यों नहीं देते?
ये दरवाजा खोल क्यों नहीं देते?

आस्था श्रीवास्तव

क्या गलती थी उसकी

क्या गलती थी उसकी,
यही, कि लड़की बनके जन्म लिया
या कि ऐसे देश में जन्म लिया,
जहाँ धर्म इंसानियत से ऊपर है
या, ये कि उसके बदन के कुछ उभार
तुम्हारी नियत बिगाड़ देते है
या, ये कि हर महीने सींचती है अपनी कोख,
किसी और का वंश आगे बढ़ाने के लिए
या, ये कि उसकी एक 'ना'
तुम्हारी मर्दांगी को चोट पहुंचा देती है
या, बस सब ऐसा ही है
और शायद ऐसा ही रहेगा
शून्य।

आस्था श्रीवास्तव

मेरे सपनोंका शहर

मेरे सपनों का शहर आज भी बुलाता हैं मुझे,
जहाँ मौसम भी मासूम हुआ करता था,
और दोपहर के बाद एक शाम भी आया करती थी,
जहाँ गिल्ली–डंडे का शोर था,
और माचिस के टिक्को की महफिल भी सजा करती थी
जहाँ बिल्लू और पिंकी की शैंतानिया थी तो
चाचा चौधरी की समझदारी हुआ करती थी
जहाँ दादी–नानी की कहानियां और
गांव की भोली नादानियाँ हुआ करती थी.
जहाँ शक्तिमान की छोटी छोटी मगर मोटी बातें थी तो
संजू की जादुई पेंसिल हुआ करती थी
जहाँ न टारगेट का डर और न
तरक्की की चिंता हुआ करती थी,
जहाँ जिन्दगी weekend और weekdays में
नहीं बटा करती थी
जहाँ होमवर्क पूरा करना
दिन की सबसे बड़ी टेंशन हुआ करती थी,
और स्कूल के बाद की ट्यूशन बेबस ही
अटेंड करनी होती थी
जहाँ रसना का फ्लेवर पसंद करने में
सबसे ज्यादा खुशी मिलती थी,
और संतरे की 1 की 8 गोली
सबको बांटकर खानी होती थी
जहाँ हर गर्मी मे छत को पानी से भिगोकर
वहां बिस्तर बिछाना होता था,

और जहाँ गर्मी की हर रात, तारों की छाव मे पलक
झपकर नींद आ जाया करती थी
जहाँ mario को ड्रैगन से बचाकर
उसकी princess से बचाने की कश्मकश होती थी,
और vcr लगाते ही पूरे मोहल्ले के बच्चो के साथ
पिक्चर देखने की रस्साकस्सी हुआ करती थी
जहाँ दिन मे सुकून और रात मे आराम हुआ करता था,
जहाँ हर पल एक उत्सव और
हर उत्सव एक पल जैसा हुआ करता था,
ऐसा ही एक सपनों का शहर आज भी बुलाता हैं मुझे।

आस्था श्रीवास्तव

तेरा साथ

रूह को मुकम्मल जहाँ मिल गया,
जब से इन बाँहों को तेरा आशियाँ मिल गया।

मेरे होठों से होकर, तेरे होठों पर ठहर जाते हैं,
लफ्जों को उसका पैमाना मिल गया।

आते–जाते बस तुझ पर टिक जाती हैं,
नजरों को उसका ठिकाना मिल गया।

जो कभी मेरे पास था, आज तेरा हैं,
इस दिल को उसका किनारा मिल गया।

जो कह न पाए, तो आँखों से समझ लेना,
पा जाओगे कि मीरा को उसका कान्हा मिल गया।

आस्था श्रीवास्तव

दस्तक-ए-ख्वाब

फितरत में नहीं है हमारी, रंग बदलना
वरना भले हम भी हो सकते थे।

चाहते नहीं थे गुरूर–ए–इश्क,
वरना फना हम भी हो सकते थे।

साफ दिली की आदत है मासूमियत भरी,
वरना बड़े हम भी हो सकते थे।

चुप चुप कर मिलते है ख्वाबों से,
वरना कुछ ख्वाब हमारे भी सच हो सकते थे।

आस्था श्रीवास्तव

Hindi Quotes

1.
जिंदगी, मंजिलों की एक कहानी है,
रास्तों में सहूलियत खुदा की मेहरबानी है

2.
पसन्द की जिंदगी जी लो साहब
बाकी एक दिन ऐसा आयेगा कि
आपके ही प्रोग्राम में,
आपकी गैरहाजिरी होगी।

3.
पानी भी क्या अजीब चीज है
नजर उन आंखों में आता है
जिनके खेत सूखे है।

4.
खेल में हार जीत तो लगी रहती है,
अफसोस वो करते है
जिनका खेल खत्म हो गया हो

5.
बहुत छाले है उसके पैरों में
कमबख्त जरूर उसूलों पर चला होगा

6.
कौन कहता है
उसके आने की खुशी आज भी इतनी है,
कि उसके चले जाने का गम अब भी महसूस नहीं हुआ।

7.

खाली हाथ आये थे, खाली हाथ जाओगे,
मुझे आज भी डर है कही
मेरे अधूरे सपने ना पीछे लग जाए मेरे।

8.

समय की एक आदत बड़ी अच्छी लगती
अच्छा हो या बुरा निकल ही जाता है

9.

कोई लक्ष्य मनुष्य के साहस से बड़ा नहीं,
हारा वही है जो दिल से लड़ा नहीं।

10.

आदमी बड़ा अच्छा कहने वालों,
'आदमी बड़ा अच्छा है' भी कह लिया करो

11.

एक बेटे ने घर से माँ को निकाल
रखा है और इंसानियत देखो,
उसी ने घर मे कुत्ता पाल रखा है।

12.

गर कदम लड़खड़ाए तो देख लेंगे सब,
क्यों कंधों पर बोझ, किसी को दिखता नहीं
किसी का कष्ट देख कुछ पल उदास होते सब,
क्यों मदद के लिए हाथ किसी का उठता नहीं।

13.
जाते वक्त उसने बड़े गुरूर से कहा
'तुम जैसे बहुत मिलेंगे जिंदगी में'
मैनें भी मुस्कुराते हुए पूछ ही लिया
'मुझ जैसे कि ही तलाश क्यों?

14.
चाँद सा तन्हा हूँ, कोई पास नहीं है
सितारे झिलमिला तो रहे है,
पर तुमसा कोई खास नहीं है।

निखिल गौर

1.
भीगी लकड़ी सा इश्क तेरा
न सुलग पाया, न बुझ पाया।

2.
ये जिंदगी बड़ी रईस बन गई
लगता है किसी फकीर से मिल गई।

3.
जो मुझ पर उठे सवाल, तो यूँ समझ लेना
काँटों के एक बाग में, गुलाब खिलने वाला है।

4.
चाहत नहीं है कि, दीवारों वाला मकान हो
कोशिश तो बस इतनी है कि ऊपर खुला आसमान हो।

5.
दुआ करो जो शान्त हैं हम
जला दिया तो, ठंडे न पड़ पाओगे।

6.
यदि जिन्दगी को जानना हो करीब से
तो समन्दर किनारे रेत से नाम लिख दो।

7.
फासला तो मौत से बस इतना है
कि कब कोई डाल से फूल टूट जाए।

8.
डुबो के इज्जत, शर्मसार करती है
ये बदनामी भी, न लिहाज करती है।

9.
असलियत का आईना तो रूह भी है
फिर सच्चाई का जिम्मा आँखों का क्यों?

10.
वो इंसान बड़ा कमाल है
बस, इसी बात का तो मलाल है।

11.
ये दिल भी बड़ा जज्बाती है,
किसी धोखे को समझ ही नहीं पाता।

12.
एक फूल की परवाह करते करते
काँटों से बचना भूल गए,
पिता हैं वो मेरे
मेरे लिए सब से लड़ गए।

13.
उन लम्हों की रुहानियत इतनी खास है
आज तेरे पास न होते हुए भी
तेरे होने का एहसास है।

14.
इश्क की महफिल में हम भी नाम कर जाते
काश हमें भी किसी बन्दे में खुदा नजर आते।

15.
जुनून रख आगे बढ़ने का
मगरूर मत हो दुनिया की शिकायतों में,
चाहत रख खुद को सफल बनाने की,
मौके आएंगे और जाएंगे
बस कोशिश कर
मौके की नजाकत को समझने की।

प्राची गौर

1.

हां, देखे हैं मैनें उनके रुमाल गीले
जो हमेशा लोगो को मसर्रत करने में माहिर होते है।

2.

आपके चेहरे की खुशी देख मुझे सुकून मिलता है
दर्द छिप से जाते हैं माँ, जब मैं आपको देखती हूँ।

3.

रहते हे कई इन्सान बड़े,
शहरों में मगर वह इन्सानियत कहाँ
बनती हे कई इमारते बड़े,
शहरों में मगर वह पक्की नींव कहाँ।

4.

खुशी, कितनी अनमोल होगी उस गरीब की
जिसकी हर एक–एक सांस गुब्बारे मे बिकती होगी।

भाविका मानसेकर

1.
जब जब तुम महसूस होती हो,
हवाएं तुमसा महकने लगती हैं।

2.
बस एक ही ख्वाब, कई बार देखा है मैंने,
वो चाय के दो कप, और भीगे बालों में तुम।

3.
जून की तपिश में भी ठंडा सुकून देती है,
मेरे चेहरे पर बिखरी, तेरी जुल्फो की छांव।

4.
सुनो...
एक, दिल का कमरा खाली है
अगर चाहो रहना तो,
स्वागत है।

5.
बस
इश्क हो गया हूँ मैं,
तुझमें खो गया हूँ मैं।

6.
ये जो,
ख्वाहिशों के सिलसिले है, ना
बस तेरे साथ होने से ही है।

7.
मेरी ख्वाहिशो पर, लग रहे है तेरी हंसी के पर
तुम जरा सी प्यार की हवा दो, ये उड़ान भर लेंगी।

8.
आ फिर चलते है, उसी राह, उसी सफर
तेरे साथ होने से जहाँ, वक्त की रेत थम जाती थी।

9.
तुम्हारे ख्वाबो को कुछ यूँ सजोये रखा है, जाना
उन्हें देखने आँखे, अब नींद का इंतजार नहीं करती।

10.
इंटरनेट के जमाने में, मैं आज भी डायरी भरता हूँ
मैं पागल ही सही, पर हर पन्ने पर तुझे लिखता हूँ।

11.
चाहूँगा तुम अपने दिल की बातें मुझसे यूँ ही हमेशा कहो,
मैं किसी को नहीं बताऊँगा, तुम्हारी डायरी हूँ, तुम्हारा रह जाऊँगा।

12.
मुझे लिखना नही आता, पर इसे कैसे रोकूँ
तेरी मोहब्बत में मेरी, कलम दीवानी हो गई।

13.
बस एक तुम्हारे अहसास की कमी है
तुम हाथ बढ़ाओ, हम पूरे हो जाये।

14.
चलो अब जाग जाओ, बड़ो मंजिल की ओर
तुम्हें उस राह का दीपक, अब खुद ही बनना है।

15.
मैं फिर उसी राह पर चल पड़ा था
पता चला वो मंजिल अब वहां नहीं रहती।

16.
चल,
होके खाक फिजाओ में घुल जायें
तू बनके इत्र, मैं धुंआ हो जाऊँ।

17.
तेरे इत्र का जिक्र अक्सर
मुझसे ये तितलियां करती है।

18.
तेरे जाने के बाद फिजाओ में
अब उन्हें वो खुशबू नहीं मिलती।

19.
ये जो तुम अपनी उँगलियों से,
बार–बार अपने बालों को संवारती हो ना,
सच में,
दिल वही तो रुक जाता हैं,
कुछ पल धड़कनों को भूल,
उनमें ही उलझ जाता है।

20.
ये जो रंग है न, सारे प्रेम के है,
तुम साथ होती हो,
तो बारिशें सच मे रंगीन हुआ करती है।

21.
तेरे नाम का एक खत, मैं रोज लिखता हूँ
तुझे लिखता हूँ, तेरी यादें लिखता हूँ।

22.
हर शब्द तेरी तारीफ में अदब से पेश आये
हर रोज उन शब्दों की, शर्तों में बिकता हूँ।

23.
तेरी हर तपिश को, मैं अपना बनाऊँगा
कभी तुम्हें सुलगाऊंगा, कभी भड़काऊंगा।

24.
गर चाहो चिंगारी को, दहकती आग बनाना
मैं हवा बन कर, तुम्हारे साथ जल जाऊँगा।

नीरज अहिरवार

1\.
ये सफर है भीड़ भाड़ का इसका हंस कर मजा लीजिये,
न जाने कब रुक जाये ये जिंदगी इसलिए
थोड़ा सा मुस्कुरा लीजिये।

2\.
मुझे लिखने का शौक नहीं है मेरे हमदम,
बस तेरी तारीफ करके दिल को सुकून मिलता है।

3\.
तेरी आँखों से नशीली मुझे और कोई चीज नहीं लगती,
जरा सा देख क्या लूं, दिल मचल उठता है।

4\.
आज कल होने लगी है याददाश्त मेरी कमजोर,
कब किसे भूल जाऊं पता नहीं चलता।

5\.
तेरी खामोशी ही मुझसे बात कर लेती है,
पता ही नहीं चलता की अकेला हुँ मैं।

6\.
तेरे ख्यालात मेरे ख्यालात से मिलते जुलते है
लगता है तू भी मुझे छुप–छुप कर याद करता है।

आशीष मिश्रा

1.

नहीं मैं मन्दिर जाता हूं
नहीं मैं मस्जिद जाता हूं
फिर भी दुनिया की सारी खुशियां मेरे पास है क्योंकि
मेरे सर पर मेरी माँ का हाथ है।

2.

वहां पर सुख भी मिलता है,
वहा पर चैन भी मिलता है,
कभी माँ के चरणों को छुओ तो सही,
वहां पर खुदा भी मिलता है
मेरे चहरे की मुस्कान है मेरी माँ।

3.

मेरे दिल की धड़कन है मेरी माँ,
मैं जिस मंदिर की पुजा करता हूं,
उस मंदिर कि मूर्ति है मेरी माँ।

4.

नहीं किस्मत से कुछ होता है,
नहीं हाथों की लकीरों से कुछ होता है,
कभी आजमाना ही हो तो दुआ को आजमाना,
माँ की दुआओं से सब कुछ होता है।

5.
सूरज होने पर भी उजाला नहीं होता,
माँ के बगैर गुजारा नहीं होता,
उनको जरा सा कुछ हो जाए तो आज भी रो देता हूं मैं,
माँ तेरे बगैर खुद को खो देता हू मैं।

6.
नहीं दौलत लिखना मेरी किस्मत में,
नहीं शौहरत लिखना मेरी किस्मत में,
अगर कुछ लिखना ही हो,
तो माँ का प्यार लिखना मेरी किस्मत में।

7.
जब आँखे खोलूं तो
सुबह की पहली किरण में झलक मेरी माँ की हो,
जब आँखे बंद करूं तो पहला ख्वाब मेरी माँ का हो,
मेरी जिंदगी किसी भी डोर से बंधी हो मुझे परवाह नहीं,
बस उसकी गांठ मेरी माँ के हाथ में हो।

8.
मेरे लफ्ज कम पड़ जाते है,
जब भी उनके बारे में लिखता हूं,
वो भगवान नहीं माँ है मेरी,
जिसे मेरे सारे दर्द दिख जाते है।

9.

नहीं दौलत देखूंगा मैं,
नहीं सूरत देखूंगा मैं,
जिस दिल में मेरी माँ को जगह मिले,
ऐसी औरत देखूंगा मैं।

10.

मेरी ख्वाहिशे कभी पूरी होती ही नहीं,
मेरे सपनों को कभी उड़ान मिलती ही नहीं,
शुक्रिया करता हूं मैं अपने पापा का,
वर्ना दुनिया में मुझे कोई पहचान मिलती ही नहीं।

आनंद उशा बोरकर

1.
कितना अजीब हैं ना
सामने कुछ कह नहीं पाते
कागजो में रुक नहीं पाते ।

2.
मेरी जिंदगी मे मेरी जगह लेकर देखिए
आपकी अहमियत का पता चले शायद।

3.
काश हमारा दिमाग भी हमारे फोन की तरह
Alert करता!
No space y@ storage full
हम decide कर सकते
क्या रखे क्या ना?

4.
मेरी माँ, क्या रूठी मुझसे
जैसे सारी दुनिया ही रूठ गई

5.
कोशिश जारी है,
बिखरा हुआ ख्वाब समेटने की।

6.

खुशनसीब है वो,
जिनमें किसी को सुनने कि काबिलियत है।

7.

जिंदगी के कुरूक्षेत्र में,
मैं ही कृष्ण हूँ
मैं ही अर्जुन हूँ।

8.

अच्छा है लोगों को पता नहीं होता कि
हम ख्वाबों में क्या देखते हैं
देख पाते तो शायद वहां भी नहीं जीने देते।

9.

बंद आँखों में सिमटे ख्वाब हकीकत मे नहीं बदलते इसलिए
खुली आँखों से ख्वाब देखिए शायद सच हो जाए।

10.

खुशनसीब है हम
जो आपकी जिंदगी की तलाश हम पर खत्म हई।

शिवी मीणा

English Poems

Say that you love me too

That smile won't be mine anymore,
Let me love you some more!
You're always in My head,
This distance, We both will regret.

Let me be the reason Your smile,
Please, let our love shine.
These memories will haunt me,
And people? They'll taunt me.

Don't say that things will be fine,
I can even suffer, if you are by side.
I don't know how I'll survive,

No, things won't be fine.
Each night I'll cry till sleep,
Memories each night will peep.
Missing you is all I'll do,
Say that you love me too,
Say that you love me too.

Nikita Thakur

Dream

Dream
Struggle
And fly
Your dreams never lie.

Fail
Fall
And restart
Failures never last.

Think
Rethink
And rejoice
Happiness is your only choice.

Fear
Care
And share
Feelings are meant to be real.

Smile
Bright
And shine
Oneness is always divine.

Nikita Thakur

It's not your fault

No, It's not your fault
You are the busiest man in the world and
I have all the time
You can not twist a single minute of your day,
and I have moulded my entire life for you
You count the dollars you make in a day,
and I count your smiles I had earned in a day
And yes, it's not your fault.

You are fast asleep in your nights,
and I counted my pills for sleep.
You gave me the comfort of your money,
and I gave you the comfort of my body
Single hour of your life costs a hundred bucks and
single hour of my life
costs a hundred sacrifice I did for you
And yes, it's not your fault.

You had spent the thousands of bucks on me,
multipliers of which has stored with you
I had spent, all my treasure
my emotions, my esteem on you,
nothing of which has stored with me
And yes, it's not your fault.

My tears becomes your exasperation and
my silence becomes your comfort
I have emptied myself to you, and
yes, it's not your fault.

I have changed for you, and
you have changed for better
But Oh Yes, it's not your faul.t

Astha Srivastava

Journey till eternity

Days drenched in worry
And nights in pain
My life is passing somehow
Tears rolled on cheeks
And sadness on lips
Things are going anyhow

You meant the world for me
You were the key to my happiness
You were a part of me
Signifies my existence

I can still feel you, deep down my soul
I can still sense you, deep down my heart
I can still talk to you, deep down my mind

You went away but have taken a part of me with you
Would anyone see me, they find out a part of you in me

As no one can separate us
Not the creator nor destroyer
As we meant to live in each other
As we meant to live for each other

You have gone away
But my journey has just started
Journey to keep you alive in me
Journey to feel alive for you
Journey that goes to eternity
Till eternity.

Astha Srivastava

Where she celebrates herself

She loves to live in her own imaginary world
World full of stories
Crazy wierd stories
Story where Rapunzel go for a blunt haircut
Story where Jasmine wear an
oversized shirt to meet Aladin
Stories where color dances on life's rhythm
Stories where ballon holds
more value than diamond
Story where crazy is normal
Story where she finds her true existence
Where she celebrates herself.

Astha Srivastava

Sunsets are Beautiful

Sunsets are beautiful
As they belong the ending,
to a new beginning
To the home coming,
to the peace and rest and sleep
To the orange and yellow and
the wind of twilight
To the union,
re-union and colors of unite
To the calm,
and cozy and fruitful delight
Sunsets are beautiful
as they are divine reprise.

Astha Srivastava

In the quest of unknown

In the quest of unknown,
she found herself
Away from the eye of the city,
She drowned in herself,
like a pearl in the shell
Holding her fear from one hand,
she fought mountains from the other
Creating her own space,
she belongs to there
Dance to her own tunes,
she invented the stunts
Sacred she is,
irrespective of the days of the month
She is moon in herself, so as the sun
Warmth and calmness lies in one

Astha Srivastava

When chai is love

You hold some magic within you
Smoothen my bitterness with your sweetness
That colour, that fragrance
That warmth when I hold you in my hand
You made me go easy in all the shivering
You my love, my CHAI
Made all these months endurable
Your seasonal lover : Winter

Astha Srivastava

Be A Lucky person

Luck isn't in our hand but
our decision is
Our Decision can make Luck but
Luck can't

So Work Hard until You listen
"You are so Lucky"!

Bhavika Mansekar

English Quotes

Just a one kiss,
and you become my favourite flavour.

*****

Walking with dreams is much better then
only watching the dreams.

*****

Time also takes some time
to convert himself in good one.

*****

When I became the master,
My arrogance made me bow dow.
When u became the student
My humility made me fly high.

*****

Nikhil Gour

Past is not concealed, future is not known,
Only present is here, and we are sure about it that how it would be. Present offers a chance to us, which depends on us. We can either take it or leave it.

*****

It is said that every dream has some gist,
and some of them are deciphering
But we can stop wasting time on dreaming,
If it is still a possibility.

*****

Your ability is greater than people's disbelief.

*****

Never forget, If you can fall down,
you can also rise up.

Prachi Gour

I'm hungry for Happiness, Peace and Love but people around me for "Money".

*****

A person should have the goal in Her or His life is Simple living and High thinking.

*****

If I would Explain "My Mom" in words I would call myself a "Writer".

*****

For any kind of work Money doesn't matter but Experience Does.!

*****

Sometimes Humanity force Me to be A Good Human!

*****

Behaviour never lies and Words can't be true.

Sometimes difficult Roads, Hard Times and Fake
People always Leads us to A Perfect Destination.

*****

Don't try to be Rich by Money,
Try to be Rich by Heart and Thoughts
Thus get your Standard's level Up!

*****

Smile is a hidden language of my Soul.

*****

I'm not born to be a princess living a fairytale
life I'm born to be a bohemian
To living a free spirited life.

Bhavika Mansekar

They chaos as much they want
They grant love without any want
They teach us wid dignity
They show their power to us
This 'they' we called as sibling love.

*****

Some paths has to be crossed alone
Some battles had to be fought alone
You never know when you have to walk alone

*****

People used to give smashing names to unique bonds
but ours is out of the ordinary and so exceptional
named as 'sister's tuning'.

Shrishty jain

Anger says one word destroys
thousand words of love.

*****

I am Playing with my puzzle of thoughts.

*****

Frendship - Combination of all the Relation.

*****

When I meet you, I realize those priceless memories
never come in my life without you

Shivi Meena

Writing is like meditation
You have to go deep to connect with Yourself.

*****

Writing comes to her rescue, when nothing works out.

*****

Silence is the third person in their relationship.

*****

They asked where my home is, I turned to you.

*****

It took her years to get over from that anxiety
And a minute for you to crawl her down to that again

*****

In the end, you have to fight your demons, alone.

Astha Srivastava

नगीना के गीत

दिल की भूल

दिल को भूली सी कोई याद पुरानी दे दे
उम्र भर साथ रहे ऐसी निशानी दे दे।

चांदनी रात भी डंसती है अंधेरों की तरह
दिल को बहला सके, वो महक सुहानी दे दे।

मन को मधुवन मे कोई फूल अकेला तो नहीं
सारा गुलशन बने खुशहाल निगहबानी दे दे।

'नगीना' हाथ मे उनके रहे या अपने
जमाना याद करे, चीज नूरानी दे दे।

मगनलाल नगीना

तुम गंध बनो मधुवन की

तुम गंध बनो मधुवन की
मैं पवन सुहानी हो जाऊं।
तुम स्वप्न बनो निंदियारे
मैं रात सयानी हो जाऊं।

तिल तिल जलने से क्या है
जलना तो गति का चिंतन।
तुम पात्र बनो जीवन का
मैं एक कहानी हो जाउं।

अंधियारें घेर रहे है
कितना पावन है नरतन।
दुविधा है एक निराशा
मै प्रेम दिवानी हो जाउं।

'नगीना' तुम चमक बिखेरी
मैं पथ में शौर्य लुटाउं।
तुम चहक बनो कानन की
मैं भोर निशानी हो जाउं।

मगनलाल नगीना

जिंदगी का सफर

जिंदगी के साथ चल तू
सबको लेकर साथ चल।

अब किसी का दिल दुखे न
दिल जोड़ने की बात कर तू।

रोशनी से सीख ले जो
दूर तक अंधियार हरती।

अपनी चाहत को भुला
जग बंदगी की बात कर तू।

सबको लेकर साथ चल तू
अब हर किसी की बात कर तू।

'नगीना' सुख दुख की बातें
यह समय के फेर सी।

अब अंधेरे से निकल तू
रोशन जमी की बात कर।

जिंदगी के साथ चल तू
जिंदगी की बात कर तू।

मगनलाल नगीना

मेले सांसों के

चंद सांसों के मेले बचे हैं
आ घड़ी दो घड़ी प्यार कर ले।

दर्द की इंतहा हो गई है
जिंदगी से भी तकरार कर ले।

आंसुओं ने वचन देके बाँधा
अब ना पलकों को नम हम करेंगे।

हर घड़ी अब तो घटती लगे है
दुश्मनों से भी इजहार कर ले।

देख मुड़कर ना अब देखना है
वक्त कब किसकी खातिर रुका है।

टूटने को गगन का सितारा
मौत से हाथ दो चार कर ले।

चंद सांसो के मेले बचे हैं
आ घड़ी दो घड़ी प्यार कर ले।

मगनलाल नगीना

सोच पालना

कितने सारे सोच पालता
अदना सा ये नर कंकाल।

जो करना है उसको करना
बो सबका है दीनदयाल।

उसको सब की फिक्र है पगले
सोच पाल तू क्यों बेहाल।

कर्म बड़ा है करते रहना
भला करेंगे श्री गोपाल।

भ्रम जाल की उम्र है छोटी
कट जाएंगे सब जंजाल।

खुशियों के जंगल महकेंगे
'नगीना' चहकेगी चोपाल।

कितने सारे सोच पालता
अदना सा ये नर कंकाल।

मगनलाल नगीना

तलाश खुशी की

खुशी तलाशने पाऔं में
पड़ गए छाले।

सफर मुहाल हुआ
राह पे जाने वाले।

आंसुओं के उठे सैलाब
जो रोके ना गए।

वक्त मगरूर हुआ
दुनिया बनाने वाले।

अजनबी हो गए चेहरे
जो साथ साथ चले।

हाथ में हाथ लिए
प्यार लुटाने वाले।

'नगीना' बहता ये दरिया
गवाह अब भी है।

जाने क्यों भूल गए
पार लगाने वाले।

मगनलाल नगीना

जलती धूप

धूप बदली को जला देती है
पानी में आग लगा देती है।

खुशबू का धर्म है महक भरना
हवा हर और उड़ा देती है।

खुशी चाहे से कब मिली यारो
बेखुदी वक्त करा देती है।

भीड़ जो दूर तलक दिखती है
दर्द अपनों सा बड़ा देती है।

धूप बदली को जला देती है।

मगनलाल नगीना

याद सजाए रखना

मन के किसी कोने में याद सजाए रखना
ख्यालों की देहरी पर दीप जलाए रखना।

आशाएं बांध रहे चांद और सितारों की
देहरी गलियारों की प्रीत बनाए रखना।

प्रेम भरे बंधन में टूटे ना तोड़े से
अपने बिरानों के नेह सजाए रखना।

जो सबके प्यारे है नेह उन्हें मिलता है
अपने अनजानों से नेह बनाए रखना।

मगनलाल नगीना

उम्मीद का दीप

अंधेरे में एक दीप
रख कर तो देखो।

प्यार भरा एक गीत
लिख कर तो देखो।

मन के वीराने मैं खुशियां
ही खुशियां।

ऐसा कुछ हो जाए
करके तो देखो।

छुअन की एक मीठी याद
अधरों पे लिपटे।

वाहों मैं सुख सारे
भरकर तो देखो।

अंधेरे में एक दीप
रखकर कर तो देखो।

मगनलाल नगीना

संघर्ष की पहल

पत्थर कूट रही थी लड़की
सपना गूंथ रही थी लड़की।

माथे पर श्रम की रेखाएं
मन से जूझ रही थी लड़की।

माथे पर सलवटें वक्त की
सृजन हाथ को दिए दिलासा।

पत्थर पत्थर मन की चोंटे
खुशियां ढूंढ रही थी लड़की।

हाथों में यौवन की मस्ती
ढूंढ रही थी खुद की हस्ती।

मेहनत का आनंद उठाती
खुशबू महसूस कर रही थी लड़की।

रोज धूप की थकन भुलाकर
सुख का वैभव ढूंढ रही थी लड़की।

मगनलाल नगीना

शुभ प्रभात

सपने किसने रंग दिये
झिलमिल हो गई रात।

जीवन की उम्मीद का
शुभ शुभ हो प्रभात।

फूल खिले कलियां हँसी
गंध उड़ी चहुं ओर।

खुशियां ने शुभ लिख दिया
भाग्य हुआ सिरमोर।

पढ़–गढ़ कबीरा दोहरा
जन मन को समझाएं।

'नगीना' सोच विचारिये
अर्थ अनेकों पाये।

दूर बसेरा यार का
मनसे रहे ना दूर।

जग सारा रोशन करें
उसका निखरा रूप।

मगनलाल नगीना

रेवा को नमन

रेवा तेरे चरणों में
मन–मगन नमन चाहे।

ये कलम भी चलती रहे
धुन ज्ञान सृजन चाहे।

इकला खड़ा हूं मैं
और दूर खड़ा रैला।

कहीं इसमें ना खो जाऊं
मन जीना सपने चाहे।

टूटती उमर मेरी
वक्त के थपेड़ों में।

ये मन कहीं भटके ना
बचने का जतन चाहे।

मौत का करूं स्वागत
भावना करें ना बोझिल।

सुख की डोर टूटेना
दर्द की चुभन चाहे।

माता तेरा हर पाथर
पारस का है शिव शंकर।

गुरु की कृपा बनी रहे
आपका वचन चाहे।

मगनलाल नगीना

याद

कितनी सारी याद
मन पागल हुआ।
रास्ते में छूटा
कोई पल हुआ।
वो छुअन भी
याद आई इस तरह।
हाथ से छूटा हुआ
आंचल हुआ।
लड़खड़ाते पाँव
वो मदहोशियां।
दर्द से सिमटा
कोई काजल हुआ।
चंद लम्हे
टूटती अंगड़ाईयां।
कितना बोझिल
प्यार का संवल हुआ।

मगनलाल नगीना

विश्वास

अपने पर विश्वास तो कर ले
थोड़ा सा मन साफ तो कर ले।

अच्छे दिन जरूर आएंगे
उजला मन तलाश तो कर ले।

हम अभाव के मोहजाल में
अपनी ताकत भूल गए हैं।

सच का मोल भुला बैठे हम
खुशबू का आभास तो कर ले।

'नगीना' नजर नजर का धोखा
आने को है प्यार का झोंका।

तिनको में भी अपनी ताकत
बचने का अहसास तो कर ले।

मगनलाल नगीना

हसरतें बेजान सी

चुप रहे तो हसरतें
बेजान सी हो जाएंगी।

भावना भगवान की
पाषाण सी हो जाएंगी।

ये अकेलापन बढा
देता है मन की दूरियां।

सामने आई दिशा
गुमनाम सी हो जाएंगे।

चुप रहे तो हसरतें
बेजान सी हो जाएंगी।

आने बाले दिन भले हो
कह रही मन की दशा।

नेह की बदली उठी
वरदान सी हो जाएंगी।

चुप रहे तो हसरतें
बेजान सी हो जाएंगी।

मगनलाल नगीना

हल्की सी आहट

हल्की सी आहट महक जिंदगी की
नई बहकी हवाएं गजल कोई गाये।।

निगाहों में मंजर वो भूली सी यादें
लगे जैसे कोई कहानी सुनाएं।

न रोको हमें पास आने से जाना
सितारों की टोली नजारे लुटाये।

'नगीना' नजर का ये हल्का नशा है
जो पीले इसे वो सम्भल ने न पाए।

किताबों में रख फूल तुमने ये सोचा
कोई खुशबुओं का खजाना छुपाए।

मगनलाल नगीना

गीतों का संसार हमारा

शब्द सरल ईंटें और गारा
गीतों का संसार हमारा।

इनकी आभा चांद सितारे
नगीना सहज सृजन विस्तारा।

गजल रूप राजा और रानी
मुक्तक रूप प्रेम कहानी।

ये सब रब का लगे इशारा
बहती नदिया मिला किनारा।

मुक्त छंद कुछ कहे फँसाना
पंत हुआ ये जग मैं जाना।

लगे भोर का सूरज प्यारा
ताज सलौना जग में न्यारा।

मगनलाल नगीना

मां

मां तुम फुलवारी जीवन की
हम सब नन्हें पौधे।

तरह तरह के रूपों में सब
गये डगर में रौपे।

तुम हो तो जगमग दिवाली
चांद सितारे बिछे राह में।

महक बिखेरे उमर द्वार पर
खुशियों बाले झोंके।

मां तुम फुलवारी जीवन की
हम सब नन्हें पौधे।

मगनलाल नगीना

कारगुजारी

अधरों की चुप्पी देखो तो
नयनों की भाषा पढ़ लेना।

मन की उथल पुथल के सपने
चाहो तो दिल में गढ़ लेना।

तेज धूप से बदन जले हैं
हल्की धूप लगे मन चीति।

मनुहरों की कारगुजारी
मन में मीत गहन कर लेना।

'नगीना' जतन लगे बड़बोले
सोच ना कर चल हौले हौले।

नयनों में न आंसू लाना
नगमा कोई सृजन कर लेना।

अधरों की चुप्पी देखो तो
नयनो की भाषा ᑊ लेना।

मगनलाल नगीना

Writer's bio.

मगनलाल अग्रवाल 'नगीना'

श्री मगनलाल अग्रवाल (नगीना) का जन्म सन 1936 ईस्वी बुधनी, जिला सीहोर, मध्य प्रदेश में हुआ। आपने बी.ए., साहित्य रत्न, साहित्य विशारद और हिंदी रत्न की शिक्षा प्राप्त की। गीत लेखन नौवीं कक्षा से ही शुरू कर दिया था। होशंगाबाद शहर में व्यापार करते हुए दुकान पर ही रचना संसार जारी रखा, शहर में संस्था के माध्यम से गोष्ठियां की, बाहर जाकर कवि सम्मेलन में भाग लिया। 'युग बोध' पत्रिका का संपादन कार्य किया। आपने अपने गीत, गजल, मुक्तक में अपने भावों को व्यक्त किया। आपको 2001 में 'गीत श्री' की उपाधि से सम्मानित किया गया। स्थानीय संगीतकार द्वारा आपके गीतों को स्वरमय कर 'गीत नगीना के' कार्यक्रम गायक गायिका द्वारा प्रस्तुत किया गया। आप गीतकार (नगीना) के नाम से जाने जाते हैं। अनुभूतियों की सहज अभिव्यक्ति आपके गीतों का आधार है। अर्थाभाव के प्रभाव से असंख्य कविता गीत अप्रकाशित हैं, आपका लेखन कार्य आज भी जारी है।

Aayush Shrivastava

Ayush Shrivastava is a engineering student living in bhopal, madhya pradesh. He generally write poetries related to feminism.

He gave credits to her mother (Smt. Reeta Shrivastava) because she is the one who help him to write. Also his father (Mr. J. M. Shrivastava) supports him in his writing. He is having a great devotion towards writing which can be seen in his poetries.

Find him on :
Gmail : ayushshrivastavabpl68@gmail.com
Facebook :ayushshrivastava.121@facebook.com
Instagram : @its_ayush06

Bhavesh Jain

Bhavesh Jain lives in obedullaganj near Bhopal. He is found of writing since his graduation. It makes him relax everyday and also gives him a great feeling.
He have a dream that one day he will write my own book and make it publish. He is very calm and positive person.

Find him on :
Gmail : jainbhavesh501@gmail.com
Instagram : @jainbhavesh
Facebook : Bhavesh jain

Bhavika Mansekar

She can be explained as as a "रुह-ए-शाद" means "Happy Soul". She belong to Smart City Surat, Gujarat and Mangaon, Maharashtra. She is a Gujju Marathi Girl. She has completed Bachlor of Commerce and currently pirsuing Post Graduate Diploma in Journalism. Being a Journalism Student she want to write what her thoughts wanna tell. Nature in her writeups in Gujrati, Marathi, Hindi and English.

Find her on :
Instagram : @bhavi mansekar3696

Anurag Raj

Anurag Raj is from Bihar, doing B.E. From Bhopal. He loves to write poems, small stories, shayaris, quotation and taking photographs also.

He wrote gus first poem when he was in class 6th. He love to travel.

Anurag is a very clam, friendly and positive guy

Find his on :

Instagram : @callme_anurag

Nishant Parihar

He belongs to Sitamau Madhya Pradesh . A deep love for literature dragged him into the writing field. His Hindi teacher Mr. Neelesh Agrawal sir inspired him for writing. He basically writes on love, friendship or mother nature. His power is his pen. Through reading his poetry people's get the feel of companionship.

Find him on :
Instagram : nishantparihar17
Facebook : Nishant Parihar
Gmail : nishantparihar61@gmail.com

Neeraj Ahirwar (NJ)

A passionate writer making a castle in the kingdom of art & literature and a Mechanical Engineer. He belongs to "The place of Love" Khajuraho, M.P. His concernment about writing can be felt in his lines. He has many strings to his bow along with equal amount of emotions. He has undefined power of gathering the waves of emotional sea in a simple manner.

By going through his lines you may realize your own someone & find somewhere yourself.

Find his on :
Name : Neeraj Ahirwar(NJ)
Mob : 9584774601
fb/email : neeraj4601@gmail.com
Instagram/yq : nj_neer

Devansh Bairagi

Devansh Bairagi a poet who is very curious to know the real meaning of life and this curiosity led him to the literature where he finds the answers for his questions. His poetry is mainly inspired by his life events, he simply writes what he feels and probably it is the reason which makes his poetry more effective and appealing .

Find him on :
Instagram : @devansh.bairagi

Prasidhi Sharma

Prasidhi sharma, A dreaming girl was born on 29th July 2000. A miracle took place in streets of Hoshangabad. she is a mystery minded Creator. Who pulled the reader toward her love poems which just touched the deep sense of reader's heart, now a days she started her graduation from MCU bhopal, she want to be a journalist

Find her on :
Gmail - prasidhisharma7@gmail.com
Instagram- @_prasidhi_
Facebook- prasidhi sharma
Page on Instagram- @ps_writer

Astha Srivastava

Astha Srivastava, daughter of Manju & Rajendra Srivastava is a writer by passion and a social media analyst by profession. She is a firm believer of the saying 'pen is mightier than sword'. Born in the heartland of India; Madhya Pradesh, she gains her education from different parts of the country. She loves to pen down her thoughts in the poetic version. Being a keen observer, she tries to write about the day to day happenings. Her writing is simple yet intriguing. Her interest lies in writing poetry and short stories of both Hindi and English languages.

Find her on:
Gmail id:44astha44@gmail.com
instagram account - astha_2206

Ashish Mishra

He belongs to Bhopal the city of lakes which is also known as the heart of India. He love study, singing, sketching. He took admission in the diploma engineering college but engineering not so learned would but the acting definitely been learned fall in love with acting by doing theaters and short films. And as known by every one that writing skill is the copyright of an actor. So he have started writing which is in front of you all.

Find him on :
Gmail- mishrag70477@gmail.com
Instagram- @the_artist_boy
Facebook- Ashish Mishra
Youtube channel- Bhai Bhopali Hai
Twitter- @the_artist_boy
Page on insta -Bhai Bhopali Hai

Anand Usha Borkar

Anand Usha Borkar was born on September 19, 1998 in Bhopal. In UIT-RGPV he started his graduation. He is a unique thinking mind person who create curiosity in readers about his stories and poems.

He wrote his latest horror book 'बेवजह...एक कुर्बानी'. He wants to write more books in future.

Find him on :

Facebook : anand usha borkar

instagram : anand usha borkar

website : anandushaborkar.com

Nikita Thakur

Nikita Thakur, a girl with a wish to fly was born on 27 September 2000 in Bhopal. She is a street play performer for a local team. Her intrests includes writing poems and short articles. A student turned into a poet by circumstances. She's currently her graduation in Journalism from MCU Bhopal.

Find her on %
Gmail - nikita741thakur@gmail.com
Facebook - Nikita Niranjan Thakur
Instagram :- _._.nikita._._._

Shrishty jain

Shrishty Jain explained herself as a 'Package of pure impure habits behaviour and ofcourse to discover something new to add it in a new field.'

She belong to Smart city Bhopal, Madhya Pradesh. She is persuing B.tech From Bhopal itself, but as her interest towards literature is more so following the track of her passion by small small write ups for the big journey ahead.

Find her on :
Instagram: @jainshrishty01
Facebook: Shrishty jain
Blog : The Unpoetic Journey

www.ingramcontent.com/pod-product-compliance
Lightning Source LLC
LaVergne TN
LVHW100344051026
849518LV00003B/893
9788193810361